MÅNENS POET

MÅNENS POET

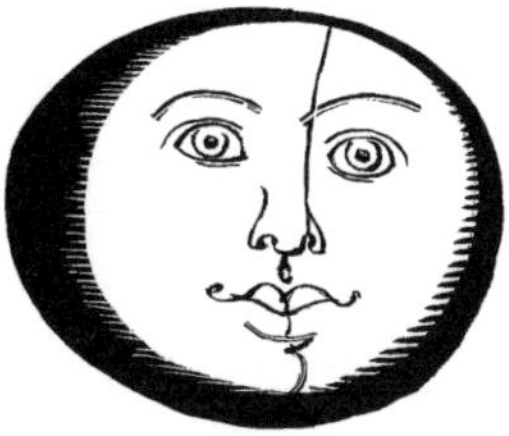

en Lennart Hellsing-antologi
sammanställd av Nisse Larsson

Illustrationer av Tord Nygren

AlfabetaAnamma

Till
Månen

Månen är ett så vanligt motiv i Lennart Hellsings diktning att man utan vidare kan kalla honom för Månens poet. Både i hans diktsamlingar för vuxna och hans verser för barn återkommer denna vår närmaste himlakropp ständigt.

»Jo, jag har kört mycket med månen, den var ju en bra grej innan de började landa där. Sedan blev den mindre poetisk«, kommenterar Hellsing i dag.

I månen avspeglas Hellsings intresse för det orientaliska, både det kinesiska och det arabiska. På sina resor i Europa ser Hellsing alltid månen och den vakar över honom hemma. Han låter månen ge uttryck åt både svårmod och längtan, men också åt munter glädje.

»Månen har liknats vid så mycket. Verner von Heidenstam beskrev nymånen som en avklippt nagel, Erik Axel Karlfeldt jämförde med en kopparkastrull. Esaias Tegnér skrev om en halväten måne i *Mjältsjukan*, jag tyckte att det var lite ruskigt, men det var ju meningen.«

Själv har Lennart Hellsing kallat månen åtskilligt – bland bilderna finns en magisk eld, en citron, en gyllne tunngavel, ett runt hål i nattens svarta gitarr, en glass, en polisbricka, en kokett liten guldplåt dinglande i morgonens öra, en giffel, en förgylld silvertrumma, en banan och en ost.

Den här samlingen av dikter om månen spänner över mer än 60 års författarskap, från den första publiceringen 1942 och fram till i dag. Här återfinns också några tidigare opublicerade texter. Samlingen inleds med en månvers som Lennart Hellsing skrivit speciellt för denna bok.

Nisse Larsson

DU MÅNE

Du Måne! När på jordens dunkla yta
du tittar ner och ser mig titta opp,
så släng en näve silver ur din gryta
till tecken att du fattat min galopp.

I sjutti år jag tjänat huld och trogen
och gjort reklam för dig och din person!
Du vill väl inte se mig gå åt skogen?!
Bevilja mig en liten månpension.

Visst har jag väl i vördnad ofta brustit
och liknat dig vid både ditt och datt,
men har vi inte upplevt mycket lustigt
och levat livet mången månskensnatt?

Ostadigt har vi levt, som ett aprilvä'r,
men sällan har jag varit till besvär.
Så offra då en näve av ditt silver
och gör mig till en lycklig pensionär.

Månen:
Vad är nu detta!? Även du min Brutus!
Har girigheten fått dig i sitt våld?
Du är ju skald och inte någon Plutus
och skriver du för pengar är du såld.

Nej du ska hållas i långt högre sfärer,
av silver har du nog i skägg och hår!
Att komma här och prata om affärer!
Och mitt i natten! Nu är du för svår.

Nå, ensam är du inte, för det mesta
tycks röra sig om pekunjära ting.
Jag går i moln och tar mig en siesta.
Adjö min vän! Och är det något – ring.

PS
Den hycklarn! Han har lånat millioner
varenda natt av solen, sin bankir!
Vi två var ändå ett slags kompanjoner.
Hans mångård var ju också mitt revir.

PPS
Jo, jag förstår nog hur det resoneras:
Folk föredrar en snäll och givmild sort.
Dock aldrig ger de bort nåt som är *deras*
men andras saker ger de gärna bort.

(Skriven direkt för denna samling, *Månens poet* 2005)

MÅNEN

O sagomåne skimrande som drivet
och glansigt silver – värt att högt berömmas!
I dig står mänskobarnets öde skrivet:
Att stiga röd – att blekna bort och glömmas.

O sagomåne, riddare av Livet
när ur din skål all nattens frukter tömmas –
och riddare av Död när övergivet
du bleker fälten där vi snart skall gömmas.

Hör hundens skall! Han vet din makt att döda!
Han känner sveket i ditt falska hjärta,
ur vilket vi ser idel godhet flöda.

Magiska eld – ditt ljus är kärleksglödens –
men ny blir nedan och all fröjd blir smärta,
och plötsligt är det ljus som lyser DÖDENS.

(Ny lyrik 1944)

Lennart Hellsing debuterade i bokform i samlingsvolymen *Ny lyrik* 1944. Det var Bonniers antologi för nya skalder, där han var en av åtta diktare. Redan här hade den 25-åriga poeten gjort månen till ett av sina huvudmotiv. Med sonetten *Månen* visade han sin skicklighet i diktandets konst. Hellsings bidrag till antologin var nio dikter, han nämnde månen i sju av dem.

»Vi unga skalder var dystra på den tiden, i slutet av 1930-talet och början av 40-talet. Vi levde under en viss press, gick och väntade på att kriget skulle nå Sverige. Vi läste Johannes Edfelt och Bertil Malmberg, det var dystra saker laddade med så många negativa ord att man nästan blev full i skratt. Åtminstone jag hade ganska mycket kontakt med utlandet, morsan tog emot judiska flyktingar och man fick veta mycket av vad som hände i Hitlertyskland. Och genom ryska släktingar fick man inblick i Stalins Sovjet. Därigenom var nog jag lite mer informerad än andra om läget i Europa. Det där gjorde att jag avskydde politiken och drog mig undan till skärgården där man slapp läsa löpsedlarna«, berättar Lennart Hellsing.

Men även där i Furusund var kriget och världspolitiken påtagliga.

»Från ön Asken, där jag hyrde ett hus 1941 kunde man se tyska båtar gå upp genom Furusundsleden till Finland. Svenskarna tillät den där transittrafiken.«

Första strofen i *Månen* återanvände Lennart Hellsing i vistexten *Månen och jag*, tonsatt av Klas Widén och insjungen av Monica Törnell på cd:n *Äppelkväll* 1992.

DEN FÖRLORADE SONEN

Jag är den förlorade sonen!
Jag höjer mitt brännvinskrus
allt under det gubben i månen
strör ut sitt förtrollande ljus.

Då skimrar min stia som Kungens
av Babylon marmorslott,
och ovanför vildäppeldungens
kontur lyser valvet blått.

Det susar i alträdets grenar
så månsjukt och sagogrant.
Det glimrar av daggädelstenar
i gräset vid vägens kant.

Jag är den förlorade sonen!
Trögt flyter min levnads ström
om dan när ej gubben i månen
förvandlar allt till en dröm.

Men än är det natt, och tills gryning
i rosor har lyft sin sky,
jag vaggar i drömhavets dyning
under John Blunds paraply.

(Ny lyrik 1944)

SAMKVÄM MED DAMER

Förlåt min gäspning bror, men tiden lider.
Av alltför mycken sötma surnar munnen –
och tjusningen hos dessa små sylfider
och fauner – den är plötsligen försvunnen.

Doft av parfym och underkläder sprider
en slocknad blomma – dåsig och förbrunnen.
Jag flyr till närmsta fönster – månen skrider
i blåheten där ute – floromspunnen.

O månskensnatt som känner mina plågor,
förbränn mitt hjärta i din renhets lågor
tills jag står upp ur djävulsdrömmen vaknad!

Då skall där på min gravsten varda skrivet:
Det enda som han lärde här i livet:
Sin konst att lämna det förutan saknad.

(Ny lyrik 1944)

Lennart Hellsing ler lite åt dikten i dag, att han redan i 20-årsåldern formulerade sådana tankar.

»Nu kan jag säga så, men då var det lite för tidigt.«

OMAR KHAYYAM

Sällsamma stund sen evigheter ren försvunnen,
till Nisjapures portar var min tanke hunnen!
Mens solnedgången brinner röd i minareten
sitter på stadens karavanseraj poeten
kalenderns skapare, som nu helt glömsk av tiden
i trädgårn njuter en kopp vin i aftonfriden.
Jag Omar Khayyam som tecknat månens cykel
flytt hit från hov, kalif och lärda narrars gyckel.
Som arabesker rosor sno på murens tegel,
sju himlar speglar sig i dryckeskoppens spegel.
Er har jag genomskådat, himlar sju som rullar
högt över min turban och Persiens gula kullar!
I ekvationer känner jag planetens bana
men kan min egen väg knappt mer än flyktigt ana!
O mått! Från Paradis till Helvetets elände
är längre än från Khorassan till världens ände
och ändå ryms alltsammans väl i hjärtats kamrar,
där blodets släggor våldsamt slår och hamrar.
Nymånen speglar sig uti min druvvinskruka
och under nejlikträden tonar lutor mjuka.
Hur skönt är livets ljus ändå i rosenflamman,
fast dömt – som vi – att ömkligt sjunka samman.
Som ökenvinden blint de gyllne sandkorn sopa
så sopar TIDEN all vår härlighet tillhopa.
O Tid! När morgonen i öster valvet sårar,
är jag ett minne blekt av tiotusen vårar.

(Ny lyrik 1944)

Omar Khayyam (ca 1047–1122) var en persisk poet, astronom och matematiker. Han tolkades till svenska av bland andra Eric Hermelin och Sten Selander och lästes av de unga 40-talisterna, i ordets ursprungliga mening, alltså diktarna som framträdde på 1940-talet. Hellsings dikt hade först publicerats i Dagens Nyheter redan 1942.

NOCTURNE

En månskensafton vid mitt trädgårdsbord
jag sitter tyst och ser
hur tunga äpplen samlas på den jord
dit också jag skall ner.

O, kunde mina dagar samlas då
i astrakangestalt,
jag skulle vräka frukten i en så
och jäsa vin av allt.

Och sitta vid mitt ankar natten lång
och läppja tyst och le,
och minnas dunkelt hur det var en gång
att vara levande.

(Ny lyrik 1944)

MÅNE

Du gamla måne!
Egyptens, Babylons och Kinas måne!
I din föränderlighet
oföränderlig – som människosjälen.
Som du speglar solen
så är denna världen en spegel
för vår själ.

(*Akvarium* 1945)

Lennart Hellsings första egna diktsamling *Akvarium* 1945 innehåller dikten *Måne*. Men månen förekommer i åtta dikter, en femtedel av samlingens fyrtio dikter.

TRÄDGÅRDEN KRING DET GRÖNA HUSET

Här är det gröna huset
där du bodde den sommaren du älskade mig ...
Kaprifolerna ha blommat ut
men jasminerna lysa ännu i skymningen ...
I trädgården fläktar jordgubbsvinden
och krattan raspar bland kiselstenarna ...
O, huru smärtsamt är det inte
att se främmande människor på din balkong
där du så ofta satt och såg ut över vattnet.

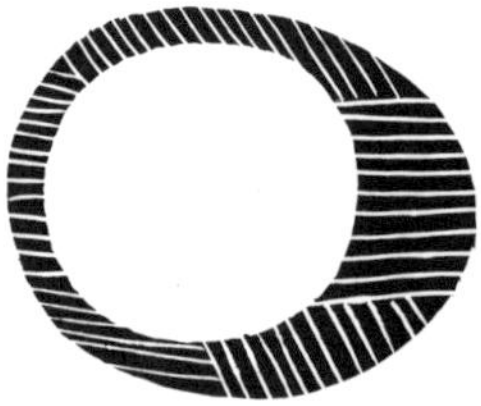

Nu går jag här förbi ensam under månen,
den bleka, förgängeliga månen.

Att minnas är att sörja.

(*Akvarium* 1945)

BRÅTTOM

Ett två tre fyra! Ett två tre fyr!
Fyra svarta katter på kolsvart äventyr!
Först kommer Pius, så kommer Angantyr,
stora tjocka Lisa och lilla Eugen,
åtta gröna ögon och sexton snabba ben
och fyra svarta svansar mot månen!

Hoppeli hoppsan! Hoppeli hopp!
Bara springa på utan rast och utan stopp,
nerförsbacke nerför och oppförsbacke opp,
fyra svarta svartingar över stock och sten!
Åtta gröna ögon och sexton snabba ben
och fyra svarta svansar mot månen!

Varför så bråttom? Varför så brått?
Jagar ni en råtta, säg – eller vad för nå't?
Mörkt är i skogen och gräset är vått,
ugglefågeln skriker från ekens höga gren.
Åtta gröna ögon och sexton snabba ben
och fyra svarta svansar mot månen!

Ut genom stadens gråa kvarter!
Ska ni fånga solen som länge sen gått ner?
oppförsbacke oppåt och nerförsbacke ner,
skutta skutta vidare – kvar blir jag allen –
åtta gröna ögon och sexton snabba ben
och fyra svarta svansar mot månen!

(*Katten blåser i silverhorn* 1945)

Hellsings debutbok för barn var *Katten blåser i silverhorn*, som kom ut samma år som hans debutsamling för vuxna, 1945. I versen *Bråttom* fick månen bilda fond för fyra katters framfart i natten. Här framträdde för första gången även Trollkarlen i India land, som utförde ofattbara konster med himlakropparna:

> Han trolleritrollade också så att
> ett nötskal stack ut som en ståtlig fregatt,
> så stjärnorna regnade ner som gullsand
> och månen föll som en citron i hans hand.

(*Katten blåser i silverhorn* 1945)

SAGO-SKOGEN

I Sagans Skog finns träd av karameller
med bark av mörkbrun kakaochoklad.
Av Japanknäck är hagens kantareller,
av läcker marsipan vartenda blad.

Där snurrar mellan blommorna en slända
så grann som av safirer kroppen är.
I Sagans Skog kan nästan allting hända,
och nästan allting händer också där.

I Sagans Skog där knäcka apor nötter
och dricka glögg när julen kommer dit
och snön som faller över lakritsrötter
och pepparkaksträn glittrar silvervit.

Av spunnet socker är den snö som faller
i lätta skyar över sagobron,
som tomtenissar timrat av koraller –
och själva månen är en gul melon.

I Sagans Skog där blir det mörkt om kvällen,
när trollens spelman spelar upp till dans
och Bergakungen träder ut ur hällen
med kopparringar i sin gröna svans.

En trollkarl står där – magra händer sträcker
mot himlen upp hans teckenprydda hatt,
och med sin trettiotredje formel släcker
han alla stjärnor ut – och det blir natt.

(Tidningen *Vi* nr 8 1945)

Bara ett omarbetat brottstycke av denna barnvers kom med i *Katten blåser i silverhorn*, och då utan månen, så det här är första gången versen publiceras i bokform. Många av sina tidiga texter hade Hellsing publicerat i just tidningen *Vi* innan de hamnade i hans böcker.

SAKTA JAG RULLAR DITT HUVUD

Sakta jag rullar ditt huvud
varsamt i mina händer.
En sömnig liten melon
full av underbara ting:
Tankarnas gröna träd –
Drömmarnas vita fågel –
Lidelsens röda måne.
Sakta rullar jag Kosmos
som en melon i min hand,
och känner att detta är evigt.
Så sluter du in o Gud
hela vår värld i din kärlek.

(*Akvarium* 1945)

Den här hör till de mest älskade och citerade av Lennart Hellsings dikter. Georg Riedel har tonsatt den och publicerat noterna i vänboken *Först och sist – Lennart Hellsing* som kom ut till författarens 70-årsdag 1989.

LYSMASKEN

På sin väg mellan gröna strån
stannar den borstiga lysmasken
lyftande mot månens gyllne tunngavel
sin fosforgröna lykta.
När han svänger sitt ljus
slår månen tappen ur sin tunna
och över människor och sniglar
glada tankar strömma ner
uppfyllande luften
likt brokigt regnande konfetti.

(*Kalejdoskop* 1946)

Också i en dikt som tycks handla om något annat kan månen ta över huvudrollen, som i *Lysmasken* ur Lennart Hellsings andra diktsamling för vuxna, *Kalejdoskop* 1946.

GUBBEN I MÅNEN

Gubben i månen
ringer på telefonen.
Hallå hallå
låt pratkvarnen gå
få höra nåt nytt ifrån'en.

Gumman i månen
spelar på grammofonen.
Plingling plingling
låt ta i en ring
och dansa på hyvelspånen.

(*Nyfiken i en strut* 1947)

Gubben i månen publicerades första gången redan 1946 i tidningen *Vi*. När den kom i bokform året därpå som en av verserna i bilderboken *Nyfiken i en strut* hade Knut Brodin tonsatt visan. Även publicerad i *De bästa barnvisorna* 1957, *Krakel Spektakel boken* 1959, *Här dansar Herr Gurka* 1977 och *Krakel Spektakels visbok* 1991.

DANS UNDER MÅNEN

Måne du runda hål
i nattens svarta gitarr
vet du den spelmans namn
som i natt slår över strängarna?

Högt över varandets skog
sjunger de blå fåglarna
och jag dansar här
naken i månens gula snö
under glesa kronor!

Så låt mig dansa
en glittrande fors
är min kärlek
störtar från livets brant
tveklöst mot okända stup
skjuter som brännande gejser
upp ur det brinnande berget
högt mot gitarrens gnistrande
pärlemomönster av stjärnor!

Spelman fjärran ifrån
slå varsamt de blodiga strängarna
ty av klappande röda hjärtan
äro de tvinnade samman.

(*Vykort från verkligheten* 1949)

»Den här dikten skrev jag i Spanien 1949, när jag var på väg till Afrika. Jag hade varit på tjurfäktning och tagit intryck«, kommenterar Lennart Hellsing.

HEMLIG GLÄDJE

Vässa dina knivar smed
världen är full av meloner
guldgula gyllene klot
som ropa efter uppskärelse!
Smed vässa dina knivar
låt likt en vissling din egg
rispa i fullmogen frukt.
Håll
sedan saften förrunnit
nio blänkande halvmånar
upp mot den tysta rymdens
svarslösa blå nattansikte!

(*Vykort från verkligheten* 1949)

»Meloner körde jag med ett tag, i både dikt och verklighet. Under kriget fanns det svenska meloner i augusti. I det militära hade jag råkat träffa min gamla skolkompis Rolf Axelsson och vi började med melonfester, där vi hängde upp lyktor. Vi var inspirerade av Lin Yutangs bok *Konsten att njuta av livet* och fann det lustbetonat att skära melonerna med vassa knivar. Vi fortsatte sedan genom åren att träffas till melonfest i augusti.

Rolf och jag var två olycksfåglar, vår lärare tordes aldrig lämna oss i klassrummet, skulle han gå någonstans tog han oss med sig. Och i lumpen satt vi i buren tillsammans. Då passade vi på att bada bastu, eldade glödhett i kaminen och stänkte på vatten. Sedan smet vi ut och badade i bäcken, det var lätt att lyfta undan bommen för dörren. Något måste man ju ha för sig när man sitter inne«, minns Lennart Hellsing.

GLASSMÅNEN

Krakel Spektakel har en bil. Den är av trä och man trampar den. Bilen far över asfaltsgatorna i staden. Krakel sitter i den och trampar. Han har femton strutar med glass i bilen. Dem äter han upp när han far. Just när han äter upp den sista blir det en KOLLISSION! Han kör rätt in i en hiss. Bilen går sönder och hissen går uppåt. Krakel Spektakel följer med upp. Det finns ingenting annat att göra.

När man åkt en stund kommer moln. Molnen ser ut som bomull. Krakel Spektakel tar in litet moln i hissen. Då märker han att det är sockervadd.

När man åkt en stund till, ser jordklotet ut som en ballong. Det liknar en blå och grön ballong. Hissen bara fortsätter att stiga.

– Men, säger Krakel Spektakel till hisskonduktören, vart går den här hissen egentligen.

– Till månen, svarar Konduktören.

– Vad skall vi där och göra, frågar Krakel Spektakel.

– Besynnerlig fråga, säger Konduktören, vet du inte att det är måndag i dag?

– Måndagar finns det väl gott om, säger Krakel Spektakel. Inte brukar jag fara till månen bara för att det är måndag.

– Vart brukar du fara då, frågar Konduktören.

– Till glasståndet, säger Krakel Spektakel.

– Där är du ju varenda dag, säger Konduktören. Varför inte åka till Månen? Bara för omväxlings skull en dag?

– Finns det glass där då, frågar Krakel Spektakel.

– Om, säger Konduktören. Han lägger ut en rånlandgång. På den stiger de ned på månen.

– Ja, här är verkligen glass överallt, säger Krakel Spektakel, men inte har man lust att äta. Det är för kallt här. Jag skulle hellre vilja ha en varm korv.

– Alltid lika missnöjd, säger Konduktören. Annars vill du alltid ha glass. Här finns fullt av den, men då vill du naturligtvis ha varm korv istället. Alltid lika bortskämd och besvärlig.

– Ursäkta, säger Krakel Spektakel, men en liten språngmarsch skulle nog pigga upp aptiten.

– Varför inte en skidtur, säger Konduktören. Låna ett par skidor av mig, så far vi.

– Aldrig trodde jag det gick så bra att åka på glass, säger Krakel Spektakel, när de susar fram i terrängen. Finns det inga träd här?

– Inte många, säger Konduktören. Några ananasbuskar, det är allt.

När de åkt en stund, börjar det gå litet trögt.

– Jag tror det töar, säger Krakel Spektakel.

Då stannar Konduktören plötsligt. Han tar upp sin almanack ur fickan och bläddrar i den.

– Jaha, det var det jag anade, säger han. Det här var just en skön historia.

– Vad då för historia, säger Krakel Spektakel.

– DET ÄR HALVMÅNE I DAG! säger Konduktören. MÅNEN ÄR I AVTAGANDE!

– Avtagande, säger Krakel Spektakel, vad menas med det?

– Jo, när solen lyser på månen, så smälter glassen bort och månen blir halv. Sedan smälter ännu mer bort och månen blir ännu mindre.

– Då måste vi tillbaka till hissen, säger Krakel Spektakel.

– För sent, säger Konduktören. Den delen har redan smält bort.

VI MÅSTE HOPPA!

– Hoppa vart då, frågar Krakel Spektakel.

– Ner på jorden förstås, säger Konduktören.

– Det vågar jag aldrig, säger Krakel Spektakel. Jag vågar inte hoppa ner från balkongen i vårt hus en gång.

– Jo, med fallskärm går det bra, säger Konduktören. Som tur var tog jag med mig ett par. De är av plastic.

Han tar upp två fallskärmar ur fickan.

– Vilken vill du ha, frågar han.

– Den som är röd och vitrandig, säger Krakel Spektakel.

De tar på sig fallskärmarna och hoppar ut från månen. Fallskärmarna vecklar ut sig. De hänger som paraplyn ovanför deras huvuden. Det droppar smält månglass på paraplyerna. Solen skiner. De seglar sakta ner mot jorden.

– Det var i sista minuten vi räddade oss, säger Krakel Spektakel. Det är inte mycket kvar av månen nu.

– Det är inte mycket kvar av den här resan heller, säger Konduktören, när de landar på taket till huset där Krakel Spektakel bor.

– Så precis vi kom då, säger Krakel Spektakel. Tänk om vi dimpt ner i Afrika?

– På sådana här resor hamnar man alltid där man började, säger Konduktören. Det gör man förresten på de flesta resor.

– Säger du det, säger Krakel Spektakel, men vart ska vi nu gå?

– Gå, säger Konduktören, varför ska man gå när man kan flyga? Han breder ut armarna och flyger bort över taken.

– Ah, säger Krakel Spektakel, som står ensam kvar. Det är som i en dröm. Kanske är det det också?

– Nyp dig i armen, få se om du vaknar, ropar Konduktören, innan han försvinner bort mellan skorstenarna.

(*Krakel Spektakel* 1952)

Glassmånen har en intressant historia. Den publicerades först som en småbarnssaga i *Vi* 1948 med teckningar av Curt Peters. Fyra år senare hade Hellsing putsat lite på texten och lät den ingå i boken *Krakel Spektakel*, där Stig Lindberg tecknat nya bilder till berättelsen. När den publicerades på nytt i samlingsvolymen *Krakel Spektakel-boken* 1959 var det Poul Ströyer som tecknade.

Olle Eksell fick skapa en fjärde version av Krakel-figuren 1961, och den här gången följde Kusin Vitamin med i hissen till månen. *Glassmånen* blev ett helt seriehäfte, där historien är dramatiskt utbyggd. En fientlig månbefolkning av glasspinnar och små monster till mångubbar omringar Kusin, Krakel och hisskonduktören. De räddar sig genom att tända eld på en ring av rånträd innan de hoppar hem från den avtagande månen.

PÅ AVVÄGAR

Sent en kväll i mars
när alla snälla gossar och flickor sover
– i varandras sängar –
kikar jag fram bakom rullgardinen:
månen lyfter upp sin polisbricka
och kontrollerar att alla ljus är släckta,
men när han vänder sig bort ett ögonblick
att flörta med en mullig molnfröken,
smyger jag mig ner till Älvsjö station
klättrar snabbt över staketet
och slinker ljudlöst på nattåget söderöver.

(*På avvägar* 1952)

Lennart Hellsing samlade sina »Anteckningar från strövtåg i Occidenten« till boken *På avvägar* 1952. Det är dikter och prosalyriska stycken från hans resor i Europa, där månen är hans trogna följeslagare i Spanien, Italien, Grekland och Jugoslavien. Han inledde samlingen med den här texten.

TAROUDANT

Taroudants berömda månsken
försilvrar brunnen på torget,
försilvrar fem soldatmössor,
legionärer i väntan på Tiznitbussen.
Deras högtyska klingar här
som silverklockor från månen
– kommer ormtjusarens kobror
att vrida sig i sin trälåda …
På minaretens balkong
träder roparen försilvrad ut
delgeende de fyra väderstrecken
att Allahs hand beskyddar
dem som sova i tron på honom.

(*Fatimas hand* 1953)

Lennart Hellsing reste till Nordafrika 1949 och kom hem året därpå. Sina intryck samlade han i den lilla volymen *Fatimas hand* 1953. Också här skymtar månen i flera av texterna.

MÅNEN ÄR FULL

Full är månen och full är jag,
jag är full mest vareviga dag
månen en gång per månad.
Käre vän är du förvånad?

Månen är full och jag är full
månen är full för sin egen skull
jag är full mest för andras
men ingen av oss kan klandras.

(*GitarrklubbenVisan*, ca 1953,
tonsatt av Hans-Åke Gäfvert)

DÄR UPPE I HIMLEN

Där uppe i himlen
där stjärnorna bor
stod gubben i månen
i gyllene skor.

Han spelte på flöjt
och han spelte fiol
så stjärnhönor kackla
och stjärntuppar gol!

Han hade gul pyjamas
med mässingspinglor på
och alla stjärnor dansa
med honom två och två.

Där uppe i himlen
där stjärnorna bor
står gubben i månen
i gyllene skor.

Han ser ner på er
och han hänger sin hatt
var kväll över solen
och då blir det natt.

(*Den flygande trumman* 1954, utbyggd med
de tre sista verserna i *Krakel Spektakel boken* 1959)

JORDEN DEN RULLAR

Månen den lyser
på stad och på äng
borgaren sover så sött i sin säng:
Snickarn och bagarn
och skräddarmästarns katt
hör så de snarkar den långa guds natt.

(*Den flygande trumman* 1954)

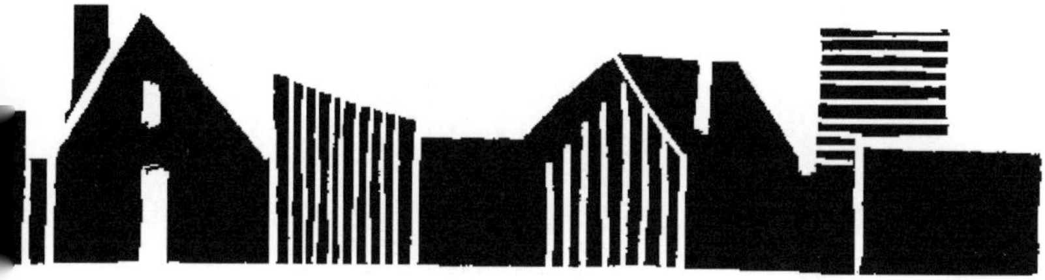

(Även återgiven i *Krakel Spektakel boken* 1959 och *Krakel Spektakels visbok* 1991, där Lille Bror Söderlundhs originaltonsättning finns med.)

»Undrar om jag inte snodde idén till den här versen av mig själv, från min första radiopjäs *Skeppet Polkagrisen* 1945.«

MÅNENS KLÄDER

Och månen gick till skräddarn
beställde nya kläder:
En hatt, en rock, en liten väst
och ett par skor av läder.

Och skräddarn tog sitt måttband
funderade och mätte,
för det gick åt en massa tyg
åt en så månfet jätte.

Ja kom igen, sa skräddarn,
på fredag är den färdig
jag tror det blir en fin kostym
som är min herre värdig.

Till skräddaren på fredan
kom månen för att prova,
han liknade en sparris då
– förr var han lik en rova.

I allsindar, sa skräddarn,
en sån ombytlig herre!
Att sy kostymer till en sån
det finns väl inget värre!

Efter en gammal fabel om den ombytliga månen som tilltar och avtar.
(Skriven omkring 1954, troligen tonsatt av Hans-Åke Gäfvert, aldrig tidigare publicerad.)

BLAND BERGEN BORTOM BERGEN

Bland bergen
bortom bergen
bortom bergen
bortom Sana
där satt en liten blå chimpans
och bollade en pomerans.
Bland bergen
bortom bergen
bortom Sana.

Bland bergen
bortom bergen
bortom bergen
bortom Sana
satt en chimpans på bergets tron
och bollade med en melon.
Bland bergen
bortom bergen
bortom Sana.

Och solen den var rund och röd
och månen gul i färgen –
och solen var hans pomerans
och månen var citronen hans.
Bland bergen
bortom bergen
bortom bergen.

Bland bergen
bortom bergen
bortom bergen
bortom Sana
där sol och måne gick i dans
i handen på en blå chimpans
och stjärnor
och planeter
åkte kana!

(*Sju fikon eller sand i sandalerna* 1958)

(Första gången publicerad i *Vi* nr 23 1957. Även återgiven i *Katten blåste i silverhorn* 1963, *Fabel från Babel* 1974, *Sand i sandalerna* 1995 och *Tusen-och-en-natt-visor* 1997. Flera tonsättningar har gjorts genom åren.)

SOTAREN

Högst från Sierra Nevada
där rinner en bäck av pomada.
Var torsdag i fullmånens sken
så vinglar på vingliga ben
en sotare dit för att bada.

(*Kanaljen i Seraljen* 1956)

(Även återgiven i *Katten blåste i silverhorn* 1963 och tonsatt av Stefan Forssén i *Tusen-och-en-natt-visor* 1997)

I mitten av 1950-talet fick Lennart Hellsing den storslagna idén att göra en bilderbok med några av landets främsta konstnärer. Barn skulle ha lika högklassiga konstupplevelser som vuxna. Sotaren illustrerades av Roland Kempe.

»Jaha, sa en annan av bokens konstnärer, Stellan Mörner, om den här versen, här inträffar det underliga att det är fullmåne en gång i veckan.«

PANNKAKSMÅNE

Ikväll en pannkaksmåne
står smörgul över Skåne
go mad, möen mad, mad i
rättan tid.

Kom stjärnor små och hoppa
som ärtor i vår soppa
go mad, möen mad, mad i
rättan tid.

Kom molntappar och hoppa
som fläsk i samma soppa
go mad, möen mad, mad i
rättan tid.

(*Daniel Doppsko* 1959)

(Återgiven också i *I barnviseland* 1960, *Katten blåste i silverhorn* 1963 och *Visor ur Silverhornet* 1992. Knut Brodins tonsättning finns med 1960 och 1992.)

GUBBEN I MÅNEN

När gubben i månen går ut för att gå
tar han sina molnskor och molnvantar på.

För den som har vantar och skor, när han går
han slipper att frysa om fingrar och tår.

(*Våra visor 3* 1960)

Ur STRANDBOK

IV

Flöjter väl icke och månen den gulsjuke trinde långt mindre
drev dessa nakna små fötter i dans över taggiga strandgräs.
Svartsjukt hatar jag allt som förvillar ditt öra och öga,
allt vad du ser på och hör på och rör vid som icke är jag!

XII

Månen steg upp och sa skål och välkomna nu alla till
bordet:
Hare och uggla och huggorm och groda och ni där på
vägen!
Leende hälsade alla förbindligt och artigt tillbaka
och med aptit grep vi hastigt och hungrigt oss an med
varandra.

XIV

Nausika nu när du naken i månljuset dansar allena
girigt av gubbögda buskarna nere vid stranden bekikad:
Skam den till äventyrs tänker så illa därom som du tänker
när du av vågorna famnas och gungar i skamlösa drömmar.

XXVII

Fullmånen nalkas med skölden för ondsinta ansiktet lyftad
stjärnornas slipade spjutspetsar hotfullt som härskrin mot
hjärtat.
Snärjd i ditt hår Berenike jag avvaktar värnlös mitt öde.
Avundsvärd dock är den död som var afton för din skull jag
lider.

XXIX

Månen går in i sitt sista kvarter, men har svårt för att sova,
tänjer om natten de vita, allt tommare armarna – famlar
sträcker i längtan allt tunnare fingrar mot gnistrande
 bråddjup.
Tro icke syster där uppe att jag har det bättre här nere.

(*Strandbok* 1964)

»*Strandbok* är ett slags Fåröbok, eller i alla fall det närmaste jag kommit Fårö. 1959 var en väldigt varm sommar och då började jag skriva, också om andra stränder. Fritz Sjöström gjorde inte bara teckningar utan musik till också. Vi uppträdde med det där materialet och visade bilderna på skärm, jag läste och han spelade mellan texterna.

Boken skrevs på ett rätt konstigt sätt. Jag hade en idé om att skriva på remsor som jag rullade ihop till cigarrettstorlek, så att man kunde bjuda på en dikt. Men förlagen säger att de bara ger ut böcker och inte cigarrettpaket, så det blev aldrig förverkligat.«

BAGAR BENGTSSON

Bagar Bengtsson klättra opp
på sin högsta kokostopp
och där satt han sen och njöt utav naturen.

Solen sjönk så rund och röd
som ett Norrlands lingonbröd
och på himlen hängde månen som en giffel.

Klättra ner du bagarfar
det är sent och kallt och drar
du kan bli förkyld i alla tio tårna!

När han äntligen kom ner
var han inte lik sig mer
och av medicinen blev han bara värre.

Nu är Bagar Bengtsson död
han har bränt sig på ett bröd
och här ligger han begraven i en limpa.

(*Boken om Bagar Bengtsson* 1966)

LÄMMELTÅG

Ödets väldiga gonggong kallar dem. Här myllrar de nu fram som ett rassel av bärnstenspärlor kring roströda och svarta stenar.

Tusentals av dem går under. Månens förgyllda silvertrumma hetsar dem vidare i en patetisk dans mot döden.

(Filmen *Den levande skogen* 1966)

Stig Wesslén gjorde naturfilmen *Den levande skogen* 1966. Lennart Hellsing skrev speakertexten. Han passade på att utnyttja ett brett register och varvade kåseriska inslag med storslagen naturlyrisk prosa. Lämlarnas märkliga massjälvmord gjorde djupt intryck på Hellsing.

TAL TILL MÅNEN

En golfboll, från en golfbana för gudar,
bortslagen av en gud i lejonhudar.

Dömd att i evigheter sömnlös trampa
kring jorden, som ett nattfly kring en lampa.

Vi måste också trava på och vandra
på så sätt liknar vi ändå varandra.

Dock tror jag att du mindes gamla tider
när Armstrong spelte golf på dig omsider.

(Skriven vid tiden för den första månlandningen
juli 1969, tidigare inte publicerad.)

HEJ HÅ DU GAMLE MÅNE

Hej hå, du gamle måne,
säg vart ska du ta vägen,
säg nu vart styr du stegen
uti det blå ikväll?

Hej själv på dig där nere,
som dumma frågor frågar.
Följ med mig om du vågar
till rymdens karusell!

Nähej, du gamle måne
i vintergatans glitter,
jag sitter där jag sitter
här i mitt fönster snällt.

Så skyll dig själv där nere
och sitt där om du lat är.
Jag snurrar bland kamrater
i rymdens nöjesfält.

(*Nu sjunger vi igen* 1972)

VAD BANANERNA TROR

Bananerna tror att bananer
är fallna från himmelens sky.
De samlas i klasar på träden
var afton då månen är ny.

Och nymånen högt i det blåa
är själv en banan – fastän stor:
Bananernas gula gudinna
och alla bananbarnens mor.

När månen blir bullig om magen
då väntar hon barn och till slut
blir magen allt mindre när barnen,
bananbarnen de trillar ut.

Bananernas far det är solen
som smällfet i himmelen bor.
Han älskar den gula gudinnan.
Det är vad bananerna tror.

(*Bananbok* 1975)

DEN LÄTTSINNIGA

Drick nattens dagg ur månens runda glas!
Drick djupt och kryp ur skalet! Håll kalas!
Snart kommer Fruktcentralen med sin kniv
– ur vilket krus ska då vår glädje tas?

(*Bananbok* 1975: *Fyra bananer*)

PORTNAHAVEN LAGOON

The isle of Mac Kenzie at anchor rides
She's pepper-and-salty from gales and tides.
Let's hoist all the sails for a sail up above
Love is the wind and the sails are love.

Come with me down to the blue lagoon
The moon sips his seasoup with silverspoon.
The light from the lighthouse goes sweeping by
A finger of God against the sky.

You can't imagine the feelings I feel!
The world is a fast-running spinning wheel
The lighthouse stands still in the middle there
And we are revolving in vanity fair.

Shore street and King street and that of the queen
Swirling around on the wide blue screen!
And when you kiss me, quite clear I hear
The whizz of the winding world in my ear.

(*Cladville Cakes*, 1975)

Lennart Hellsing ärvde byn Portnahaven på den skotska whiskyön Islay 1967. Det låter som en saga men den är sann. Hans mormorsmor fick byn med det tillhörande lantgodset Cladville av sin far Alexander MacLaren som blivit rik på sockerplantagerna i Brittiska Guyana och köpt egendomar till alla sina barn, när han flyttade hem till Skottland med dem. Hellsings kanske minst kända bok *Cladville Cakes* är verser skrivna direkt på engelska för barnen där på den sydvästra landtungan av Islay. Dessa »songs from the Rinns« är illustrerade av Erik Prytz och tonsatta av Georg Riedel. Hellsing gav ut boken på eget förlag och delade ut den bland barnen i skolan i Portnahaven.

HIGHLAND COW

A coppery cow with golden horns
From moorlands of sand and peat
A heavy beast with a coppery calf
Comes down on stockinged feet.

Down to the silvery shore to drink.
With snouts in the sunset sea
The coppery cow and the red-hot sun
And the calf are having their tea.

The sun goes to bed but the coppery cow
Takes the moonchild newly born –
She takes it tenderly up the hill
On the point of her golden horn.

(*Cladville Cakes* 1975)

ESKIMÅERNAS GULA MÅNE

Eskimåernas gula måne
rinner som smält smör
över isbergen kring Grönland.
Hur kan den vara så ostgul
så påskigt äggulegul
när himlen är grön av kyla?
Ähh, inte vet eskimåerna
vad ost och smör och ägg är
– jo ägg vet de kanske –
för dem är månen en gul släde
tom ibland efter en misslyckad jakt
och ibland full av valross och säl.
För dem är månen en gul släde
som molnens vita hundar släpar bort.

(Regnbågsbok 1976)

GULLEBRAND

I bagarboden fyra prinsar satt
och det blev sent och senare och natt.

En måne stjälpte ut sin silverfärg
och sista bussen gick till Sundbyberg.

Dit ska vi ändå inte, sa prins Fyr
jag har på annat håll en del bestyr.

Vår faster Alexandra har fått tips
på en fabrik som fabricerar chips.

Sånt tuggar folk som galningar, ni vet
och vinsten blir, som konsumenten – fet.

Vad skulle sägas om en chips-koncern
där ni är styrelsen, jag direktörn?

Förfärligt, sa prins Ett, det är ett skämt!
Om inte vill jag avråda bestämt.

Man måste dryga ut sitt apanage
sa prinsen Fyr och snodde sin mustasch.

Prins Två, som var ett slags idealist
sa: Allt som luktar pengar det är trist.

Det sägs att pengar inte har nån lukt
sa Tre, men nog är det en skum produkt.

Som ni behagar, sa prins Fyr. Jag far
till Rockefeller på ett par tre dar.

Ta min moped, sa Tre, och mina klipps.
Jag knallar hem. Adjö då Mr Chips!

Att skära guld med täljkniv! Gullebrand
blev aldrig Hertig av Potatisland!

På chipsfabriken blev han inte rik.
Då bytte han till en galoschfabrik.

Sen blev det vakuumtorkat vatten! Ack,
den bubblan, eller brist på bubbla, sprack.

I Grekland bar han ugglor till Aten.
De flög sin kos och sjöng: Auf Wiederseh'n!

Så slog han sig ett slag på snickeri
men slog sig själv på tummen – och lät bli.

Med vingården i Jemen gick ej väl
den stormades av religiösa skäl.

En kompanjon for till Novibasar
och råkade få med det som var kvar.

I Rio satt han upp en operett
men blev olyckligt kär i sin balett.

Blev lärare i torrsim någonstans ...
Det var i Sahara, där inget vatten fanns.

Ljus stöpte han på Irland tills han stöp
fick där en luftballong för rövarköp.

Han tänkte flyga hem – för han var pank
men vinden vände sig vid Doggersbank.

Nu bor han på Hawaii i ett tält
och har det inte alltför illa ställt.

Där finns koraller, som kan tas och träs
på trådar snodda av espartogräs.

Sån vara kommer mer än väl till pass
för den kan bytas bort mot ananas.

Och har man så av ananas ett lass
och en madrass av vass på sin terrass,

så kan man ligga där i solens gass
och läppja på sin palmvinskalebass.

Vad rör en klockor, sjökort och kompass
när man kan segla fritt! O libertas!

Moral:
Om rätta förutsättningarna finns
kan vem som helst må som en riktig prins.

(*Fem prinsar*, 1979)

Fem prinsar är en versberättelse om Tummetott och hans fyra bröder på samma hand. Berättelsen, som lånat en del stoff från muntlig tradition, hör till Hellsings gränsöverskridande skrifter och riktar sig väl mer till vuxna än barn. Lennart Hellsing gav först ut den på det egna förlaget Mist 1979. Det oillustrerade häftet har ljusblått omslag men trycktes också i en variant med flaggblått omslag kring gul inlaga som Hellsing kallar Nationalutgåvan.

Året därpå kom boken ut illustrerad av Ib Spang Olsen på Rabén & Sjögren.

MÅNEN SOM GICK UT OCH GICK

Månen som gick ut och gick
har lagt sig, trött att gå.
Mycket mörker överallt
av stjärnor bara två.

Tusen tunnor mörker nu
ur rymdens alla hörn
rullas över oss i natt
från Mars och Stora Björn.

Tänd ett ensamt litet ljus
och hälsa det från mig:
Mörkret räcker inte till
att släcka det för dig.

(*Gås med krås* 1981, tonsatt av Göran Swedrup,
återgiven även i *Visor ur Silverhornet* 1992)

»Sista versen har jag nog snott från ett engelskt talesätt: There's not enough darkness in the world to put out the light of one small candle, men som sagt, författare stjäl friskt.«

VITT

Sen, lite senare
när kvällen faller på
blir parken full av spöken
som vinkar ur var vrå.

Vi vet att inuti
är buskar eller trän,
men månen spökar ut dem
och hela Kalmar län.

(*Vitt* 1984)

SVENNE JOHANSSON

Var har du varit så länge
du Svenne Johansson?
Jag har varit på krogen.
Idag som igår.
Det blev sent, men snart ni mig slipper.

Varför är din jacka så trasig
du Svenne Johansson?
Det blev slagsmål på gatan
– idag som igår.
Det blev sent, men snart ni mig slipper.

Varför är din skjorta så blodig
du Svenne Johansson?
Jag slog en snubbe fördärvad
– han ligger på bår.
Det blev sent, men snart ni mig slipper.

Vart ska du nu ta vägen
du Svenne Johansson?
Jag ska rymma till Spanien
– idag som igår.
Det blev sent, men snart ni mig slipper.

Vad blir det av mig, din sambo
du Svenne Johansson?
Du hittar säkert en annan
– idag som igår.
Det blev sent, men snart ni mig slipper.

Vad blir det då av din dotter
du Svenne Johansson?
Socialen får ta na'
– idag som igår.
Det blev sent, men snart ni mig slipper.

När kommer du tillbaka
du Svenne Johansson?
När sol och måne dansar
på Klara kyrkogård.
Det blev sent, men snart ni mig slipper.

När dansar sol och måne
du Svenne Johansson?
När pengar slutat att rulla
och rättvisa rår.
Sent, allt är för sent, men snart ni mig slipper.

(*Svenne Johansson*, 1989, opublicerad)

Lennart Hellsing flyttade 1989 till en lägenhet mitt inne i Stockholms city, på Klara Östra Kyrkogata. Plötsligt var han tillbaka till 1940-talets bohem- och tidningskvarter. Miljön bjöd på nygamla intryck.

Det inspirerade honom att skriva några visor, bland annat *Svenne Johansson* som är en parafras på den medeltida balladen *Sven i Rosengård* och besläktad med *Billy Boy*.

Här spelar månen evighetens roll tillsammans med solen.

MÅNEN OCH JAG

O, sagomåne skimrande som drivet
och glansigt silver värt att högt berömmas
i dig står mänskobarnets öde skrivet
att stiga röd, att blekna bort och glömmas.

Ja, en gång var du röd och full av sånger
vi var kamrater i en hemlig orden
som tumlade i ystra skämt på gården
och klättrade mot Juliors balkonger.

Du måne såg min fröjd och såg min pina
du var min tröst och visste vad jag kände
när hjärtat dansade på högspänd lina
och allting kunde ske, men intet hände.

Vi kom ifrån varann jag hade annat
att tänka på och mycket att bestyra
jag borde tittat upp nån gång och stannat
men inkomstbortfall tedde sig för dyra.

Nu är du här igen vår gård är riven
jag själv har blivit mycket annorlunda
och har lekt nog men du är starkt begiven
på nya krumsprång i en nattlig runda.

Jag säger nej till dina kaprioler
du pockar och så faller jag till föga
och luften fylls av doft från nattvioler
och vi försvinner båda i det höga.

(Från cd:n *Äppelkväll* 1992, insjungen av
Monica Törnell till Klas Widéns tonsättning)

Det här är ett bra exempel på hur Lennart Hellsing ofta återanvänder och lånar ur sina egna texter. Visans första vers är från dikten *Månen* som han fick publicerad i debutantologin *Ny lyrik* 1944.

MÅNEN

Föga skönjes nu på fredan
Månen som är helt i nedan.
Först i morgon skymtar ny
skäran skir i skymningssky.
Växer sakta till sig sedan.

Blomstrar, glänser och behagar
till dess Månomsorgen klagar
och en Öfverviktsenhet
sätter henne på diet
enligt kosmos stränga lagar.

Hennes sköna stjärnbekanta
gläds sen, då hon slutat banta.
Sockervadd ur molnens skägg
äter hon och änglaägg.
Dricker Fanta kan man anta.

Aldrig lär hon sig sin läxa!
Bulimi och anorexa
ryck i evig växling går.
Denna böjelse förstår
dock ock mången mänsklig häxa.

(Svenska Dagbladet 1993)

I början av 1990-talet återvände Lennart Hellsing till sitt gamla värv som dagsverspoet, den här gången i Svenska Dagbladet. Förra gången var i Stockholms-Tidningen, där han engagerades 1947. Med vissa avbrott skrev han dagsvers där i sju år.

AUGUSTIMÅNE

För några är sommaren solrök och bad
och sand mellan tårna och glassar på rad.

Men bäst är augusti med stjärnor i skyn
då månen står röd över strandskogens bryn.

Ett lackrött sigill på ett blått konvolut!
Ett brev om en sommar, som aldrig tar slut!

Ett löfte, som skänker mitt hjärta sin frid,
ett löfte bland löften i Löftenas tid.

(Svenska Dagbladet 1994)

SEPTEMBERÄPPLEN

Äpplen och päron de hänga
ännu i lustgårdens trän.
Plocka dem innan de dunsar
i gräset och rullar hän.

Månen, sa Lisa, försilvrar
frukterna här i min lund.
Äpplen och päron kan vänta
men jag vill bli kysst på stund.

(Svenska Dagbladet 1994)

DEN LYCKLIGA OSTEN

Månen själv – en ost som glänser
bortom jordens trånga gränser!
GUDAR äter den, men låter
sen sin månost komma åter.

Högst bland alla goda rätter
de sitt gyllne ostbord sätter.
Utan denna månostnektar
själva gudarna försmäktar.

(*Den lyckliga osten* 2001)

Lennart Hellsing har alltid gillat ostar, utan att för den skull dikta om dem – »det finns många ämnen jag inte skrivit om«. Men när väl uppslaget kommit kan han fila på det i några år, parallellt med andra böcker. När Hellsing fyllt 82 år kom *Den lyckliga osten* med illustrationer av Riber Hansson, en bilderbok som sprängt gränsen mellan barn- och vuxenlitteraturen.

»Det är en fördom att bilderböcker är för förskolebarn, men jag ser ingen begränsning där. Det finns ingen bok som alla tycker är bra, i så fall är det något fel på den. Ostboken är till för dem som gillar den och de andra, de kan läsa någon annan bok«, kommenterar Hellsing glatt.

INNEHÅLL

Läs även
Verserade tankar (1999)
Pendlarens väg (2003)

Nyfiken på mer?
Titta in på www.alfamedia.se
eller skicka ett vykort, fax eller e-post till
Alfabeta Bokförlag, Box 4284, 102 66 Stockholm,
fax 08-643 24 31, e-post info@alfamedia.se
så får du vår katalog.

Alfabeta Bokförlag AB
Formgivning: Lisa Zachrisson
Tryckt i Lettland 2005
ISBN 91 501 0506 X